Je

22278

LE PÊCHEUR

A L'AUTEL

DE NOTRE-DAME DES VICTOIRES

OU

TRIOMPHE

DU SAINT CŒUR DE MARIE

Cantate

COMPOSÉE

Par Casimir FIARD, de Lens-Lestang

ÉLÈVE DU COURS DE LITTÉRATURE

Dans l'Institution du Bourg-du-Péage (Drôme)

N. B. L'auteur de cette Pièce a remporté le premier Prix de poésie française
dans la Distribution solennelle du 17 août 1843

VALENCE

IMPRIMERIE D'A.-F. JOLAND AÎNÉ

IMPRIMEUR DE L'ÉVÊCHÉ ET DES MAISONS RELIGIEUSES

1843

LE PÉCHEUR

A L'AUTEL

DE NOTRE-DAME-DES-VICTOIRES

ou

TRIOMPHE DU COEUR DE MARIE

Cantate.

1843

Cette Cantate se distingue plus encore par l'onction de la piété, que par l'harmonie des vers et par la précocité du talent; Nous l'approuvons volontiers comme une douce et belle louange à la Reine du ciel.

Valence, le 1ᵉʳ août 1843.

† PIERRE,

Évêque de Valence.

ENVOI

A M. le Curé

DE NOTRE-DAME-DES-VICTOIRES

A Paris,

DIRECTEUR DE L'ARCHICONFRÉRIE

DU TRÈS-SAINT CŒUR DE MARIE.

« Toi qui, du SAINT COEUR de MARIE
» Proclamant partout les grandeurs,
» Consacres tes jours et ta vie
» Au salut des pauvres pécheurs,
» DESGENETTES, d'un doux sourire
» Accueille les sons de ma lyre
» Et ses accents religieux :
» Trop heureux si j'ai su te plaire,
» Encor mille fois plus heureux
» Si mes chants plaisent à ma mère,
» A ma bonne Mère des cieux!... »

C. FIARD.

TRIOMPHE

DU

SACRÉ COEUR DE MARIE.

❦

PREMIER RÉCITATIF.

La nuit ramenait le silence,
L'astre brillant du jour abandonnait les cieux,
Et de la flèche antique où l'airain se balance
Dormait déjà l'écho religieux :
Du temple le lévite avait franchi l'enceinte,
L'encens ne fumait plus, l'orgue saint se taisait,
On avait à la Vierge entonné l'hymne sainte
Et la foule pieuse à longs flots s'écoulait.
Une pâle lueur, sous la voûte égarée,
Aux feux de la lampe sacrée
Mêlait son demi-jour mourant,
Lorsque, silencieux, tremblant,

Vers l'autel de MARIE un jeune homme savance ;
Le cœur broyé par la souffrance,
Il chancelle abattu sous le poids du remords ;
Le désespoir est peint sur son visage ,
Son front pâle est voilé d'un lugubre nuage ,
Il marche environné des ombres de la mort......
Une invisible main l'entraîne,
Sous le dôme longtemps son regard se promène ;
Mais il a découvert la Vierge dont le bras
Chaque jour fait redire aux rives de la Seine
Cent prodiges nouveaux..... Il soupire tout bas ,
Une larme brûlante erre dans sa paupière ,
Un long sanglot s'échappe de son cœur......

PREMIÈRE VOIX.

Courage , enfant ! la Vierge Mère
Du pécheur entend la prière ;
Toujours elle est sensible aux cris de sa douleur !

LE CHOEUR.

Vierge , du pécheur qui t'implore
Repousserais-tu les accents ?
Entends ses longs gémissements ,
Il soupire quand de l'aurore
Tout célèbre l'heureux retour,
Et la nuit le retrouve encore
Maudissant les heures du jour.

Le remords en tous lieux le suit et le dévore ,
Trop longtemps il goûta les plaisirs séducteurs ;
Le monde trop longtemps , abusant sa jeunesse ,
Lui versa par longs flots la coupe de l'ivresse
  Et couronna son front de fleurs.

  De nos fugitives années,
Lui disait-il , le temps précipite le cours ;
Les roses de nos fronts bientôt seront fanées ,
Charmons tous les instants de nos rapides jours.
Dans un lointain bonheur insensé qui se fie ,
Dès ce moment rions , hâtons-nous de jouir ,
Savourons à longs traits la coupe de la vie ,
Hélas ! demain peut-être il nous faudra mourir.

DEUXIÈME VOIX.

Infortuné ! dis-nous le bonheur de l'impie......

PREMIÈRE VOIX.

  Au milieu des bruyants festins
  La coupe qu'il tient en ses mains
  Au fond n'a-t-elle point de lie ?

DEUXIÈME VOIX.

  Pour lui l'étoile du matin
  Sur l'horizon toujours serein
  Vient-elle briller sans nuage ?

TROISIÈME VOIX.

Pour lui le ciel est-il toujours d'azur ?
Son heureuse nacelle, à l'abri de l'orage,
Vogue-t-elle toujours sans craindre le naufrage
        Sur un océan calme et pur ?

LE CHOEUR.

        Du méchant la joie éphémère,
        Plus prompte que l'ombre légère,
        Ne fait que paraître et s'enfuir ;
        Semblable à la fleur qu'à l'aurore
        Balançait l'aile du zéphir,
        Le matin la voyait éclore
        Et le soir la verra périr.

DEUXIÈME VOIX.

MARIE, auprès de ton image
Le pécheur a-t-il vu ton auguste visage
Briller à ses regards dans toute sa splendeur ?

TROISIÈME VOIX.

O Vierge ! de ton front où la gloire rayonne
A-t-il pu contempler l'immortelle couronne,
        A-t-il considéré ton cœur ?

PREMIÈRE VOIX.

Bienheureux Séraphins, dont la légion sainte
Nuit et jour fait la garde autour de cette enceinte,

Venez nous révéler quelle puissante main,
Déchirant le bandeau qui voilait sa paupière ,
Sur le sein palpitant de sa divine Mère
    Ramena cet autre Augustin......

LE CHOEUR.

    Sous la voûte obscure
    Suspends ton murmure ,
    Airain résonnant ;
    Temple , sanctuaire ,
    Hymnes, chœurs, prières,
    Silence un instant !
    Orgue saint , soupire
    De sublimes chants ;
    Séraphins brillants ,
    Prenez votre lyre ,
    Que de vos accords
    La douce harmonie
    Dise les transports
    Du CŒUR DE MARIE !

DEUXIÈME RÉCITATIF.

Des pleurs erraient encor dans les yeux de l'enfant ;
Cependant un regard de douce confiance
    Ranimait son regard mourant :
Ainsi longtemps battu par la fureur du vent ,

Lorsque le nautonier que la vague balance
De rentrer dans le port recouvre l'espérance ,
Une larme se mêle au bonheur qu'il ressent.
   Sur le marbre du sanctuaire
Déjà le voyez-vous cet enfant criminel ,
L'œil tourné vers MARIE et la main sur l'autel ,
Il exhale en ces mots son ardente prière :
« O Vierge ! sauve-moi, sans toi je vais périr !
» Hélas ! je fus ingrat , pardonne à ma malice :
   » On dit que par le repentir
» Le coupable à tes pieds recouvre la justice.
» Si mon crime fut grand , la bonté de ton cœur
   » Vierge , sera plus grande encore ;
» Laisserais-tu périr un enfant qui t'implore ,
» O toi, le seul espoir du malheureux pécheur !....

PREMIÈRE VOIX.

Pour toi , jeune enfant , plus d'alarmes ,
  L'auguste MARIE en ce jour
  De tes yeux vient tarir les larmes ,
Tu seras désormais l'enfant de son amour.

DEUXIÈME VOIX.

Autour de lui j'entends gronder l'orage ,
  Quelle main va le soutenir ?
  Déjà l'enfer frémit de rage ,
  Hélas ! dans un triste naufrage
  Dois-je bientôt le voir périr......

LE CHOEUR.

Le pécheur que MARIE a pris sous sa défense
Des méchants pour jamais méprise la fureur,
Elle protégera sa nouvelle innocence
Contre les traits impurs d'un siècle corrupteur.

TROISIÈME VOIX.

Quand l'aquilon gronde,
Que sur l'océan
Son soufle brûlant
Bouleverse l'onde ;
Qu'une nuit profonde
Dérobe les cieux ;
Quand l'éclair rapide
De son feu livide
Eblouit les yeux,
Et que la tempête
Plane sur la tête
Du nocher tremblant,
La foudre grondant
Sur l'onde écumante
Bientôt en éclats
Fait voler les mâts.....
Soudain, d'une voix suppliante,
Le pilote épuisé d'efforts
A la Vierge dit sa prière
Et voit cette divine Mère

De sa main lui montrer le port.

DEUXIÈME VOIX.

Le monde est une mer cruelle ,
Dans les gouffres qu'elle recèle
Combien de barques vont sombrer !
Pour l'infortuné qui te prie ,
Montre-toi , divine MARIE ,
Montre-toi l'étoile chérie
Qui le guide loin du danger :
Sois pour lui le phare sublime
Brillant au milieu de la nuit ,
Que ta lumière le ranime
Lorsque celle du jour s'enfuit.

LE CHOEUR.

Le pécheur que MARIE a pris sous sa défense
Des méchants pour jamais méprise la fureur ;
Elle protégera sa nouvelle innocence
Contre les traits impurs d'un siècle corrupteur.

PREMIÈRE VOIX.

La gémissante tourterelle ,
Pour les défendre du vautour ,
Cache ses petits sous son aile ,
Et dans ton maternel amour
Tu pourrais, bonne et tendre Mère,

Refuser ton bras tutélaire
A cet enfant de ta douleur !
Sur le marbre du Sanctuaire,
Son repentir et sa prière
Du ciel ont fléchi la rigueur ;
Et tu pourrais, puissante Mère,
Refuser ton bras tutélaire
A cet enfant de ta douleur !....

LE CHOEUR.

Non, plus de craintes, plus d'alarmes :
Pauvre enfant, ta Mère en ce jour
De tes yeux vient tarir les larmes,
Tu seras désormais l'enfant de son amour.

DEUXIÈME VOIX.

Du noir serpent elle a brisé la tête,
De l'océan du monde elle apaise les flots :
Elle est le calme au fort de la tempête,
L'ancre immobile où tous les matelots,
Par son secours échappés du naufrage,
Viennent fixer leur barque après l'orage.

LE CHOEUR.

Ministres généreux de la divine loi,
De vos cœurs bannissez la crainte ;
La Vierge, de sa main, soutiendra l'Arche sainte,
L'Arche sainte de votre foi.

TROISIÈME VOIX.

Et vous, qu'un zèle ardent dévore,
Lévites saints, partez : du couchant à l'aurore,
Dans les sables déserts,
Sur les monts et les mers,
Sur tous les points de l'univers
Chantez : Honneur! triomphe! amour! gloire à MARIE!

LE CHOEUR.

Enfants d'une mère chérie,
Chantez : Honneur! triomphe! amour! gloire à MARIE!

DEUXIÈME VOIX.

Son nom sacré sera votre signal,
Son cœur immaculé, votre invincible égide,
Et ses vertus, votre char triomphal.....
Lévites saints, partez, son étoile vous guide.

LE CHOEUR.

Dans les sables déserts,
Sur tous les points de l'univers
Chantez : Honneur! triomphe! amour! gloire à MARIE!

PREMIÈRE VOIX.

Enfants, faites monter de longs flots d'harmonie
Vers celle dont le COEUR excite vos transports;
Sublimes Chérubins, pour célébrer MARIE,
Aux soupirs du pécheur unissez vos accords :

De vos lyres pincez la corde frémissante
Et, promenant vos doigts sur la harpe bruyante,
Entonnez à MARIE honneur! triomphe! amour!

DEUXIÈME VOIX.

Vous qu'enflamme le nom d'une Mère chérie,
Chantez, heureux enfants, chantez à votre tour :
Victoire! amour! triomphe au SAINT COEUR DE MARIE!

LE CHOEUR.

Triomphe! amour! victoire au SAINT COEUR DE MARIE!!!

FIN.

VALENCE, IMPRIMERIE D'A.-F. JOLAND AINÉ,
IMPRIMEUR DE L'ÉVÉCHÉ.